ANDREAS RIEDEL

Gespräche im Kopfbahnhof

Copyright © 2020 Andreas Riedel

Herausgeber: Agentur KUNSTkind UG (haftungsbeschränkt)
Autor: Andreas Riedel
Umschlaggestaltung, Illustration: Anna Riepl-Bauer
Korrektorat: Andrea Gehrt

Verlag & Druck: tredition GmbH, Halenreie 40-44, 22359 Hamburg
ISBN 978-3-347-18269-1 (Paperback)
ISBN 978-3-347-18270-7 (Hardcover)
ISBN 978-3-347-18271-4 (e-Book))

Bibliografische Information der Deutschen Nationalbibliothek:
Die Deutsche Nationalbibliothek verzeichnet diese Publikation in der
Deutschen Nationalbibliografie; detaillierte bibliografische Daten sind
im Internet über http://dnb.d-nb.de abrufbar.

Andreas Riedel wird vertreten durch:
Agentur KUNSTkind UG (haftungsbeschränkt)
booking@kunstkind.de & www.kunstkind.de

Für
John Hugo Riedel

Einleitung   9
Gespräche im Kopfbahnhof   13
Strategien?   23
Kommunikation   31
Der Kahn geht unter!   39
Achtsamkeit   45
Selbstwert   57
Only bad news are good news   65
Todesstrafe   73
Medienkompetenz   81
Geschichten aus der Yucca-Palme   91
Finale   99

EINLEITUNG

Warum schreibe ich dieses Buch? Weil ich glaube, dass wir unsere Form der Kommunikation immer wieder überdenken und gegebenenfalls auch anpassen müssen.

Seit geraumer Zeit habe ich das zwingende Gefühl, dass sich unsere gesellschaftliche Kommunikation in die falsche Richtung bewegt.

Ich arbeite nunmehr seit fast drei Jahrzehnten abwechselnd als Diplom-Sozialpädagoge, Multifamilientrainer, Dozent und/oder Coach.

In dieser Zeit, habe ich auch lange Zeit Seminare zu allen möglichen Themen unserer Zeit gegeben.

Eine kleine Auswahl dieser Themen findet sich in den nachfolgenden Kapiteln.

Aktuell arbeite ich als Einrichtungsleiter der DRK-Jugendhilfestation in Cuxhaven.

Auch hier bekomme ich immer wieder Impulse, das reflexartige Kommunikationsverhalten regelmäßig zu überdenken.

Dieses Buch soll dabei helfen, die eigene Kommunikation zu überdenken, ja vielleicht sogar achtsamer zu gestalten.

Achtsamkeit ist ein zurzeit viel, manchmal gar inflationär genutzter, moderner Begriff der Gefahr läuft abzunutzen.

Aber deswegen ist es nicht weniger wichtig, sich mit diesem Begriff konstruktiv auseinander zu setzen.

Wichtig ist eine klare Sprache, vermeiden wir also den Konjunktiv, wo wir es können.

Kurz und prägnant:
Er kam, sah und siegte.

Konjunktiv:
Wäre er gekommen, hätte er gesehen
und eventuell gesiegt.

Es geht auch darum Ziele klarer zu erkennen und somit direkter erreichen zu können.

Auch Lust an der Sprache gilt es (wieder) zu entdecken, denn sie ist der Schlüssel zu einer achtsameren Kommunikation.

Achtsamere Kommunikation wiederum lässt eher die Chance auf Diversität, weil achtsamere Kommunikation immer das Verbindende sucht, nicht das Trennende.

Gerade heute ist die Lust auf Diversität wichtiger denn je. Denn die Menschen entwickeln sich stärker, als jemals zuvor, zu Individualisten.

Gleichzeitig scheinen die Grenzen für Rassismus, Sexismus, Homophobie, Mobbing und andere Formen der Gewalt, in Teilen der Gesellschaft immer weiter zu sinken.

Um die Lust auf achtsame Kommunikation zu erhöhen, ist dieses Sachbuch in belletristischer Gesprächsform geschrieben.

Die Protagonisten sind absichtlich neutral gehalten, um der Leserschaft die Möglichkeit der Identifikation zu ermöglichen.

1. KAPITEL

GESPRÄCHE IM KOPFBAHNHOF

„Moin, da bist du ja wieder", lachte der alte Mann.

Ich drehte mich um und sah ihn lächelnd auf mich zukommen.

Er schien wie immer gut gelaunt.

Seine weißen Zähne bleckten aus seinem braungebrannten Gesicht.

Der Bart sah ein wenig zerzaust aus, wild wie eh und je.

Ich hatte ihn vor ein paar Tagen, hier am Cuxhavener Bahnhof kennen gelernt und seitdem fuhren wir morgens zusammen.

„Natürlich" erwiderte ich, „es ist ja gleich 8 Uhr."

Er zog seine Kopfhörer von den Ohren und ich sah ihn neugierig an, „na was hast du heute auf den Ohren?"

„Hollowbelly", erwiderte er, „der Mann ist eine Punkblues Legende aus England.

Ich habe viele Konzerte für ihn hier in Deutschland organisiert.

Tatsächlich habe ich damals auch seine ersten Deutschlandkonzerte überhaupt organisiert.

Im Laufe der Jahre sind wir echte Freunde geworden.

Er ist sogar schon mal hier in Cuxhaven aufgetreten.

Das war in der Gnadenkirche im Süderwisch, das war richtig großartig."

„Ich erinnere mich, davon in der CN gelesen zu haben, war das nicht in Verbindung mit so einem Workshop für so komische Zigarrenkistengitarren?"

„Genau das", sagte er grinsend.

„Allerdings sind die CBGs, wie man diese Gitarren auch nennt nicht komisch, sondern vollwertige Instrumente."

„Das weiß ich doch," erwiderte ich, „ich kenne da einen Typen in Odisheim, der baute diese CBGs."

„Ach du meinst Andreas Dock?

Ja, der baut in der Tat sogar extrem gute CBGs."

Ich erwiderte: „Aber genug von Musik: Wie geht es dir?"
„Danke", sagte der alte Mann, „mir geht es großartig,
wie könnte es mir denn auch schlecht gehen?" fragte er
und schaute mich mit seinen kleinen blauen Augen an.

„So jetzt aber schnell, sonst fährt der Zug
ohne uns ab."

Wir gingen zum Bahnsteig, wo unser Zug schon
wartete, gingen hinein und suchten uns, wie immer einen freien Tischplatz, so dass wir uns gegenübersitzen
konnten.

„Och naja, es regnet, es ist kalt und windig", erwiderte
ich.

„Aber was hat denn das Wetter mit meiner Laune zu
tun?" lachte der alte Mann.

„Lass es mich mit den Worten des großen
Karl Valentin sagen:

**Ich freue mich, wenn es regnet,
denn wenn ich mich nicht freue
regnet es auch.**"

„Sehr witzig", setzte ich an, aber der alte Mann unterbrach mich sofort, „das ist nicht witzig gemeint, es ist eine der profundesten Sätze, die ich je gelesen habe.

Zeigt er doch das große Dilemma der Menschen auf.

Wir ärgern uns ständig über Dinge, die wir nicht ändern können.

Ja wir merken gar nicht, dass eben dieses sinnlose Ärgern, tatsächlich aber großen Einfluss auf uns nimmt.

Unsere Laune kann dadurch den ganzen Tag getrübt werden, doch das Wetter ändert sich ja deswegen nicht, also warum nicht versuchen, das Positive im Regen zu sehen?

Wir können uns dadurch vielleicht den ganzen Tag in einer deutlich besseren Stimmung befinden

Ich lese gerade ein interessantes Buch zu diesem Thema.

Es heißt **Kopfbahnhof** und es beschäftigt sich in mehreren Kapiteln um Thesen zur achtsameren Kommunikation, zum Beispiel Alltagsrassismus, oder auch zum Umgang mit den verschiedenen Dingen unserer Zeit.

Das Buch ist wie ein Leitfaden durch unsere gesellschaftliche Kommunikation."

Ich unterbrach ihn:
„Aber ein einziges Buch kann sich doch nicht allein mit diesen umfassenden Themen beschäftigen und gleichzeitig ein Leitfaden durch unsere Kommunikation sein!"

Er sah mich lange an und erwiderte dann: „Du meinst, im Zeitalter der Individualisierung der Menschen, kann doch nun ein Buch nicht für alle gelten?"

„Ja genau", erwiderte ich. „Das ist doch bescheuert zu glauben, dass ein einziges Buch alle Gefühle, Neigungen und Meinungen widerspiegeln kann."

Der alte Mann lächelte sanft und sagte:

„Doch, natürlich kann es das.

Allerdings hat dieses Buch gar nicht den Anspruch, als einziges Buch am Markt Sinn zu stiften.

Wenn ein Buch dem systemischen Ansatz folgt, der auch jedem guten Coaching zu Grunde liegt, nämlich wenn es eine Anleitung zur Selbsthilfe ist, dann kann es schon sehr Sinn stiftend sein.

Ein guter Coach erklärt ja auch nicht die Lösungen, sondern er zeigt Wege auf.

Oder er hilft bei der Suche nach „Werkzeugen."
Mit denen dann anschließend die Lösungen selber zu finden sind.

Das eigentliche Problem erst damit erstmal freigelegt, also sichtbar gemacht wird.

Genau hier ist nämlich der Ansatz dieses Buches!

Es kann schließlich nicht sein, dass immer noch in Büchern gesagt wird, was ein jeder Mensch nur zu tun hätte, damit er oder sie auch ja glücklich werde.

Es geht nicht darum, etwas zu tun und dann dafür etwas zu bekommen.

Es geht darum, sich selbst besser zu verstehen und somit auch sich besser annehmen zu können.

Statt sich in endlosem Phrasen-Gedresche auszutoben und eine langweilige Aufzählung aller möglichen Glücksübungen zu schreiben, sollte sich der Mensch zunächst einmal um die eigene Wahrheit bemühen.

Wer bin ich denn wirklich und nicht, wer möchte ich sein.

Es geht nämlich gerade nicht darum, PersonalerInnen nach dem Maul zu reden, oder NachbarInnen besser zu gefallen.

Es geht darum zu verstehen, dass dieses Leben keine Generalprobe ist, sondern bereits die Hauptvorstellung.

Da kommt dann nichts mehr.

Also sollten wir versuchen bei uns und im Hier und Jetzt anzukommen.

Natürlich sagt beziehungsweise schreibt sich das leichter als es ist, aber in diesem Buch, werden immer wieder vertiefende Beispiele gebracht und man kann sich langsam mit der Idee vertrauter machen.

Es hilft auch dem eigenen Wertgefühl, sich mal darauf zu konzentrieren, was möglich ist, wenn die Motivation stimmt.

Ein Beispiel, wenn sich nun ein 80-jähriger Mann an der Volkshochschule einschreibt um chinesisch zu lernen, werden Hirnforschende sagen, dies wird nicht gelingen, denn gerade Sprachen lernen wir umso besser, je jünger wir sind.

Dieselben Hirnforschenden sind aber komplett anderer Meinung, wenn wir die Motivation des Mannes verstärken.

Dieser Mann würde die Sprache schon innerhalb weniger Monate, zu mindestens rudimentär beherrschen, wenn er sich in eine Chinesin verliebt und in ein paar Monaten mit ihr nach China ziehen möchte.

Seine Motivation würde einen Powerboost erleben.

Diese Erkenntnis hilft, wenn es um das Erstellen von Strategien geht."

„Was für Strategien denn?" fragte ich leicht verwundert.

„Das erzähle ich dir morgen, denn da kommt dein Bahnhof, du musst hier raus."

Überrascht stellte ich fest, dass er Recht hatte.

Wie so oft bei unseren Gesprächen, vergaß ich alles um mich herum.

Schnell packte ich meinen Rucksack und sprang auf. „Aber das erzählst du mir morgen, okay?

Wir merken uns das Wort Strategien, damit wir morgen wissen, worum es ging."

„Alles klar", lachte der alte Mann und winkte mir noch flüchtig zu.

An diesem Tag musste ich noch lange über ihn nachdenken.

Was für ein Glück, ihn kennen gelernt zu haben.

Seine Art die Welt zu sehen und allem noch etwas Positives abzugewinnen, begeisterte mich immer wieder.

2. KAPITEL

STRATEGIEN?

Am nächsten Morgen war ich mal vor ihm am Bahnsteig, dies passierte eher selten.

Als ich ihn aus dem Bürgerbahnhof kommen sah, ging ich ihm auf dem Bahnsteig entgegen.

Ich sah fragend auf seine Kopfhörer.

Er lachte, „heute habe ich einen großartigen Gitarristen aus Belgien auf den Ohren.

Vincent Slegers ist außerdem auch ein echter Kumpel geworden.

Aber nun zum Wort: Erinnerst du dich noch an das Wort von gestern?"

Ich grinste, „die Strategien interessieren mich wirklich."

Wir stiegen ein, suchten wie immer einen Tischplatz setzten uns gegenüber voneinander und er begann auf seine unnachahmliche Art zu erzählen.

Er tat dies in ruhiger, manchmal schon fast monotoner, aber nie langweiliger Stimme.

Man merkte ihm jedes Mal an, dass er lange Jahre als Dozent gearbeitet hatte und wie viel Spaß es ihm bereitete, über ein Thema zu referieren.

Ich hatte im Laufe der Zeit festgestellt, dass es wirklich Sinn machte ihm zu zuhören, hatte er doch stets eine gute Erklärung für alles parat.

Nun also Strategien!

„Die meisten Menschen, die in meine Seminare kamen, waren zunächst immer überrascht, wenn ich von einer Lebensstrategie geredet habe, dabei ist diese unerlässlich.

Wir sind so unglaublich unterschiedlich:

So sollte eine 20jährige Kauffrau eine völlig andere, eigene Strategie verfolgen, als zum Beispiel ein 70jähriger Rentner.

So wie wir schon als Kinder lernen, uns situativ und sprachlich auf unser Gegenüber einzustellen, so sollten wir hier schon einen ersten Ansatz unserer Strategie sehen.

Wir reden mit PartnerInnen anders, als zum Beispiel mit VorgesetztInnen.

Wir reden mit Lehrenden anders, als mit besten FreundInnen, und so weiter und so fort.

Hier wird doch schon klar, wie strategisch wir automatisch agieren.

Das Nachdenken über die Strategie, zwingt den Menschen auch letztlich, sich mit den eigenen Stärken, Schwächen und Fähigkeiten auseinanderzusetzen.

Bevor man sich also an das Formulieren der eigenen Lebensziele wagt, sollte man die

Strategie entwickelt haben und sich mit den Begrifflichkeiten auseinandergesetzt haben.

Dazu muss man zunächst verstehen, warum es, am Anfang so schwer ist, eine gute Lebensstrategie zu entwickeln.

Unsere gute Erziehung steht uns nämlich gewaltig im Weg.

Wir alle kennen bestimmt noch folgende Sätze aus unserer Kindheit:

- Eigenlob stinkt
- Hab nicht so eine große Klappe
- Gib nicht so an

Hier liegt schon ein grundsätzlicher Fehler im kommunikativen Verhalten.

Wir sollten eben **NICHT** vorher überlegen, sondern spontan agieren, denn dann werden wir immer authentischer sein.

Eine vernünftige Grundhaltung vorausgesetzt, kann man viel freier kommunizieren, wenn man nicht jedes Wort mit Bedacht wählt.

Hierfür ist es aber umso wichtiger, sich bereits Gedanken zur eigenen Grundhaltung gemacht zu haben.

Ein Mensch, dessen Grundhaltung oder Lebens-strategie im Kern wertschätzend und positiv ist, wird in der direkten Kommunikation nicht auf einmal herablassend sein.

Wir sollten den Wert einer Lebensstrategie nicht maßlos übertreiben, aber wir könnten hier den Fokus auf unsere Stärken richten.

Aber welches sind eigentlich die eigenen persönliche Stärken und Schwächen?

Fast alle Teilnehmenden meiner Seminare waren doch recht ratlos, wenn es an die Bestimmung der eigenen Stärken geht.

Hierzu sei angemerkt, gute VerkäuferInnen kennen immer sowohl die Stärken, als auch die Schwächen des zu verkaufenden Produkts.

Von diesen erfolgreichen VerkäuferInnen können wir lernen.

In den meisten Fällen, erkennt man schnell jeweils ein Muster oder eben die eigenen Stärken oder Schwächen.

Hier kommen wir also wieder zurück zur Kommunikation:

Um zu verstehen, wie man eine Lebensstrategie entwickelt, muss man zunächst verstehen, wie Kommunikation funktioniert."

„Aber warum?" fragte ich leicht irritiert.

„Um der Falle zu entgehen, sich und/oder das persönliche Umfeld zu belügen.

Denn die Lebensstrategie soll helfen, insgesamt ein glücklicherer und achtsamerer Mensch zu werden.

Dies soll hier unser großes Ziel sein.

Wenn wir nun also schon am Anfang erkennen, was unser Ziel ist, wofür dann noch umständlich eine Strategie entwickeln?

Was hier noch sehr theoretisch klingt, funktioniert in der Regel fast von alleine, wenn man sich mit ihren oder seinen Stärken und Schwächen auseinandersetzt.

Das bedeutet, nehmen wir das Wort Strategie nicht so streng wörtlich, sondern betrachten wir das Wort als grobes Ziel auf das wir uns nun zubewegen wollen.

Es geht nicht um Formulierungen, sondern um realistische Betrachtungen.

Aber da wären wir dann bei dem großen Thema Kommunikation.

Wenn wir verstehen, wie Kommunikation funktioniert, also auch, wenn wir verstehen, wie wir tatsächlich kommunizieren, verstehen wir auch warum unser Umfeld reagiert, wie es reagiert."

„Ich muss hier raus" unterbrach ich den alten Mann.
„Unser Wort zum Merken lautet also Kommunikation."

3. KAPITEL

KOMMUNIKATION

Am nächsten Morgen wirkte der alte Mann müde.

Aber als ich ihn sah, grinste ich sofort wieder und fragte ihn:
„Na? Was bringt dich heute musikalisch auf Trab?"

„Och, heute ist es feinste irische Musik von Dylan Walshe.

Auch den habe ich, vor ein paar Jahren, als erster Booker nach Deutschland geholt.

Er lebt zwar mittlerweile in Nashville/USA, aber auf seiner nächsten Europa Tournee hole ich ihn auch nach Cuxhaven, das haben wir schon so vereinbart.

Aber weißt du noch unser Wort für heute?"

„Ja ich weiß das Wort, handelt es sich doch um dein Lieblingsthema: Kommunikation."

„Ja", lachte er, „aber mit dem Zusatz, nonverbal.

**Kommunikation funktioniert
ja auch stark nonverbal."**

Das ist bekannt und doch sind wir immer wieder überrascht, wie stark der non-verbale Anteil in der täglichen
Kommunikation ist.

Um dies zu verdeutlichen, erzähle ich immer gerne eine
Geschichte um einen „fiktiven" Werbespot.

Cola versus Pepsi

Stellen wir uns folgende Situation vor.

Es ist die Nacht des Super Bowl in Amerika.

In der ersten Werbepause, wird nun ein Spot gesendet,
der als Paradebeispiel für nonverbale Kommunikation
gesehen werden kann.

Es wird also, auf dem teuersten Werbeplatz der
Welt ein Spot gesendet, indem kein einziges Wort
gesprochen wird?

Schauen wir uns diesen Werbespot einmal genauer an:

Das erste was wir sehen ist ein Getränkedosen Automat.

Es ist noch keine Marke erkennbar.

Ein etwa 6-jähriger Junge betritt den Schauplatz und bleibt vor dem Automaten stehen.

Er fängt an in seinen Hosentaschen zu kramen. Denk daran, es ist der teuerste Werbeplatz der Welt.

Der Junge kramt und sucht und kramt und sucht und findet schließlich eine Münze.

Er wirft die Münze ein und zieht sich eine Dose Pepsi.

Er betrachtet diese kurz und stellt sie anschließend auf den Boden.

Er fängt wieder an in seinen Hosentaschen zu kramen und das dauert wieder ewig.

Es ist ja immer noch der teuerste Werbeplatz der Welt.

Schließlich findet er wieder eine Münze.

Er steigt auf die Pepsi Dose und zieht aus dem obersten Fach eine weitere Dose.

Diesmal eine Coca-Cola. Er öffnet sie und trinkt einen großen Schluck.

Dann schaut er nach unten, verzieht das Gesicht zu einem verächtlichen Grinsen und tritt die Pepsi Dose weg.

Zufrieden geht er langsam aus dem Bild.

Das war es!

Kein Wort gesprochen!

Aber sehr viel gesagt!

Wenn man diese Szene kurz auf sich wirken lässt und sich anschließend fragt, was habe ich da gerade gesehen?"

„Wow", schoss es aus mir heraus: „Es steht wohl außer Frage, dass jeder versteht, was die Kernaussage dieses kleinen Werbespots ist.

Dazu die Steigerung der non-verbalen Kommunikation, allein durch die Tatsache, dass auf dem teuersten Sendeplatz der Welt, eine Werbung geschaltet wird, in der gar **nicht** gesprochen wird."

„Ja" sagte er, „sehr gut und nun übertragen wir doch mal die hoch stilisierte Situation auf unseren Alltag.

Auf Begebenheiten, die nicht so im Fokus stehen, die nicht mit Hochglanz gezeigt werden, die nicht von Profis in Szene gesetzt werden … ja vielleicht sogar auf Situationen, in denen wir gar nicht kommunizieren wollen.

Wir tun es aber immer und überall.

Wenn ich mal Paul Watzlawick zitieren darf:
Man kann nicht nicht kommunizieren.

Wenn wir uns darauf einigen können, dass der beschriebene Werbespot seine Message rüberbringt, dann tust du das auch, selbst wenn du das nicht willst. Es ist nun hinlänglich bekannt, dass wir nonverbal kommunizieren.

Aber ist uns eigentlich bewusst, wie stark dieser Einfluss auf unser Gegenüber ist?

Oder wodurch genau wir kommunizieren?

Hier ein unbewusstes Stöhnen, da eine hochgezogene Augenbraue.

Dies sind bekannte Signale, auch wenn wir sie oft unbewusst einsetzen.

Dass wir aber auch durch unsere Körperhygiene, unsere Kleidung, unsere Frisur und so weiter kommunizieren wird oft vergessen.

Dabei kennen wir doch alle solche Sätze wie zum Beispiel: Kleider machen Leute.

Doch nochmal einen Schritt zurück. Warte!"

Er holte sein Handy raus und googlte kurz etwas, dann sagte er:

„Der Forscher Albert Mehrabian hat irgendwann in den sechziger Jahren, die noch heute gültige Seminar Regel 55-38-7 aufgestellt.

55 Prozent der Wirkung wird durch die eigene Körpersprache bestimmt. Also Körperhaltung, Gestik und Augenkontakt.

38 Prozent des Effekts erzielen wir durch unsere Stimmlage

7 Prozent durch den Inhalt des Vortrags

Zugegeben, diese These bezieht sich auf die Werte von Redenden vor einer Gruppe, also während einer Präsentation.

Aber auch wenn diese Werte sich im Alltag verschieben werden, dienen diese theoretischen Werte zur Verdeutlichung der Tatsache, dass viele Missverständnisse auch darauf beruhen, dass wir, im wahrsten Sinne des Wortes, die falschen Signale senden oder empfangen.

Die Werte werden sehr häufig unterschätzt.

Auch dafür mag unser kleiner fiktiver Werbespot dienen.

Wenn wir uns bewusst werden, wie stark wir außerhalb unserer eigentlichen Inhalte kommunizieren, können wir sehr viel klarer kommunizieren.

Aber auch wenn wir dies nun alles berücksichtigen, kann Kommunikation misslingen.

Immer dann, wenn Empfangende etwas anderes wahrnehmen, als Sendende beabsichtigt haben.

Oder wenn der gesendete Teil der Kommunikation interpretiert wird.

Auch dies passiert deutlich häufiger, als man sich das zunächst vorstellen kann.

Hier mag ein weiteres Beispiel wieder verdeutlichen, wie das gemeint ist."

Wieder einmal war die Zeit nur so davongeflogen. Ich sah meinen Zielbahnhof kommen und fragte, „okay, was ist unser Wort zum Merken?"

Er lachte und sagte „Titanic."

„Du meinst jetzt aber nicht diesen schrecklichen Film, oder?" fragte ich ihn und er lachte nur verschmitzt, „warte es doch ab!"

4. KAPITEL

DER KAHN GEHT UNTER!

Am nächsten Tag saßen wir länger am Bahnsteig, denn aus einem nicht näher genannten Grund, hatte unser Zug Verspätung.

„Komm" sagte der alte Mann, „wir gehen ins Gleis Vier."

„Hä?", stand ich auf der Leitung. „Der Bahnhof hier in Cuxhaven hat doch nur drei Gleise."

„Ja, aber das Bahnhofsbistro heißt so", zwinkerte er mir zu.

Auf dem Weg zum Bistro deutete ich auf seine Kopfhörer und fragte, „na was hast du heute für ungewöhnliche Musik gehört?"

„Ungewöhnlich", lachte er, „wieso ungewöhnlich?"

„Weil ich noch nie einen deiner Interpreten kannte und ich interessiere mich ja durchaus auch für Musik."

„Heute habe ich Das Fenster & the Alibis gehört.

Großartige Musiker aus England, die zum Teil sogar auf Deutsch singen, einfach weil Paul Finlay gerne auf Deutsch singen möchte."

Ich schüttelte den Kopf, „nein, kenne ich leider auch nicht."

„Macht nichts, ich bringe dir mal einen Sampler mit, da ist viel *meiner* Musik drauf, denn ich habe diesen Sampler selber produziert.

Blues, Roots and Hillfunk heißt der Sampler."

„Klasse", nickte ich, „da freue ich mich drauf."

Wir bestellten uns jeder einen Kaffee und er fing an zu erzählen:

„Nehmen wir an, ein frisch verliebtes Paar geht ins Kino.

Sie teilen sich einen großen Becher Cola und sie essen Popcorn aus einem gemeinsamen Pappeimer.

Wir müssen uns jetzt noch verdeutlichen, dass die Beiden dieselbe Luft atmen, derselben Lautstärke ausgesetzt sind und auch die Raumtemperatur für beide gleich sind.

Die äußerlichen Bedingungen, der Rahmen des Geschehens sind also absolut identisch.

Die Frau erlebt nun die drei schönsten Stunden, die sie je in einem Kino verbracht hat.

Der Mann murrt hingegen nach dem Film: Ich wusste doch gleich das der Kahn untergeht.

Was ist hier passiert?

James Cameron, der Regisseur dieses Films, hat mit Titanic, den damals erfolgreichsten Film aller Zeiten gedreht.

Er hätte also kaum etwas besser machen können.

Wieso erlebt die Frau in unserem Beispiel diesen Film so komplett anders, als der Mann, der doch direkt neben ihr sitzt?

Nun ist es sicherlich müßig, über Geschmack zu streiten.

Aber nehmen wir dieses Beispiel doch mal etwas genauer unter die Lupe.

Als Sender fungiert hier der gezeigte Film Titanic.

Als Empfangende dient unser frei erfundenes Pärchen.

Ein Sender, zwei Empfangende und zwei Kommunikationsergebnisse.

Wieso nehmen zwei Menschen, die denselben äußeren Einflüssen unterliegen, eine Situation so unterschiedlich wahr?

Wichtig ist hier die Transferleistung zu unserem alltäglichen Leben hinzubekommen.

Unabhängig davon, was die Intention meiner Kommunikation ist, kann es auch anders wahrgenommen werden.

Interpretationsfrei zu kommunizieren ist wahrscheinlich nicht möglich.

Aber wir gewinnen schon viel, wenn wir uns immer wieder klar machen, dass wir interpretiert werden können.

Das bedeutet im Umkehrschluss, je genauer wir unsere Bedürfnisse kennen und kommunizieren, desto höher die Wahrscheinlichkeit, dass wir so verstanden werden, wie es unserer Intention entspricht.

Doch hier liegt auch gleichzeitig die Gefahr, denn nochmal:

Was hätte James Cameron besser oder anders machen können?

Auf der einen Seite, haben wir hier den erfolgreichsten Film aller Zeiten.

Auf der anderen Seite gibt es auch viele Menschen, denen dieser Film wenig bis gar nicht zusagt."

„Allerdings", sagte ich, „der Film ist eine fürchterliche Schmonzette."

Er betrachtete mich lange und sagte dann, „unser Wort für morgen lautet Achtsamkeit."

„Wieso morgen", fragte ich ihn, „wir sind doch noch nicht einmal losgefahren."

„Ich habe noch etwas vergessen, du musst heute mal ohne mich fahren", murmelte der alte Mann zerstreut und stand auf und ging.

5. KAPITEL

ACHTSAMKEIT

Am nächsten Morgen war der alte Mann wieder vor mir da und schien bereits auf mich gewartet zu haben.

Er winkte heftig, als ob ich ihn sonst übersehen würde.

„Warum winkst du so, oder ist das eine neue Form von Frühsport?" fragte ich ihn frech, während er seine Kopfhörer vom Kopf zog.

Wie immer fragte ich ihn, was er da heute hören würde.

„Heute habe ich Spax gehört", antwortete er und ich nickte fragend den Kopf:

„Wer oder was ist Spax?"

„Spax ist ein deutscher Rapper der sich einmischt und eine starke eigene Meinung vertritt.

Für seine massive und offene Kritik an rassistischen und sexistischen Rap Texten erntet er häufig Hohn und wird auch in der eigenen Szene gedisst."

„Ich mag ihn jetzt schon", unterbrach ich ihn.

Dann hielt er es nicht mehr aus, kramte in seiner Tasche und sagte sichtlich zufrieden:

„Schau mal, was ich mir gestern gekauft habe."

Stolz hielt er ein Tablet in die Höhe.

„Okay?" zögerte ich, „das ist jetzt warum so toll?"

„Na, weil ich jetzt auch mal das Internet bemühen kann, wenn wir uns unterhalten.

Warte nur ab, wir werden es schneller brauchen, als du glaubst", grinste er breit über das verschmitzte Gesicht.

„Na gut", antwortete ich leicht irritiert, „aber nun erzähl mir von der Achtsamkeit, denn das war ja das Wort zum Merken."

„Achtsamkeit", begann er langsam, „soll nicht als *Freifahrtschein* für unüberlegte Kommunikation verstanden werden.

Ich denke nur, wir sollten uns regelmäßig bewusst werden, dass wir Dinge auch anders verstehen können, als sie ursprünglich gemeint waren.

Wenn das gestrige Beispiel des Titanic-Films, hier zunächst mal nur dazu dient, zu verstehen, wo Achtsamkeit anfängt und wo die Grenzen von Kommunikation erreicht sind, haben wir doch schon viel gewonnen."

Auf einmal lachte er laut auf, holte das Tablet raus und tippte schnell etwas ein, dann begann er vorzulesen:

„Achtsamkeit ist, laut Wikipedia, ein Zustand von Geistesgegenwart, in dem ein Mensch hellwach die gegenwärtige Verfasstheit seiner direkten Umwelt, seines Körpers und seines Gemüts erfährt, ohne von Gedankenströmen, Erinnerungen, Phantasien oder starken Emotionen abgelenkt zu sein, ohne darüber nachzudenken oder diese Wahrnehmungen zu bewerten."

Triumphierend packte er das Tablet wieder in seine Tasche und sagte:

„Diese, leicht sperrige Definition ist natürlich der Mediationspraxis zu zuordnen.

Mir geht es beim Begriff der Achtsamkeit jedoch eher um den zwischenmenschlichen Umgang miteinander.

Hier wird laut Wikipedia auch vom Care-ethischen Begriff der Achtsamkeit gesprochen.

Danach ist Achtsamkeit eine interaktive Praxis."

„Was meinst du mit interaktiver Praxis," fragte ich nach.

„Achtsamkeit ist etwas, das zwischen Menschen in Zuwendung entsteht und von diesen auch gemeinsam erfahren wird.

Für mich geht es, ganz einfach runter gebrochen, darum, sich auf sein Gegenüber, ohne Vorurteile einzulassen.

Es geht darum, seinem Gegenüber zu zuhören, ohne dabei schon eine Antwort zu formulieren.

Schlussendlich, geht es einfach darum, sich ergebnisoffen auf ein Gespräch einlassen zu können.

Während ich gerade mit dir spreche, denke ich, dass dies ja eigentlich selbstverständlich sein sollte."

„Ja okay," unterbrach ich ihn erneut, „das macht Sinn."

„Dass es dies aber nicht ist, erlebe ich tagtäglich in meiner Arbeit mit den hilfesuchenden Familien.

Es scheint als ob die Aufmerksamkeitsspanne immer weiter sinkt.

Man nimmt sich nicht mehr die Zeit, seinem Gegenüber zu zuhören, sondern man präsentiert direkt immer eine Lösung."

Hier hakte ich erneut ein: „Was aber, wenn dies gar nicht die *richtige* Lösung ist?"

Er nickte: „Geh noch weiter, was, wenn es eher um das Erzählen und nicht um die Antwort, also eine Lösung geht?"

„Ja," fuhr ich fort, „wir erleben in den Social Media eine eher unsoziale Kommunikation und gefühlt wird das immer heftiger."

Wieder nickte er: „Da viele User sich ausschließlich in sogenannten Echo-Räumen aufhalten, fällt ihnen der sachliche Diskurs offensichtlich immer schwerer.

Es wird nicht mehr zielorientiert gestritten, sondern polemisch verachtet."

„Ja, aber was ist nun eine achtsame Kommunikation?" fragte ich ihn.

Achtsame Kommunikation bedeutet auf jeden Fall auch, die Werte Dritter zu verteidigen, auch wenn diese selbst gar nicht dabei sind.

Jeder kennt doch die Argumentation von Menschen aus dem näheren Umfeld, die zum Beispiel sagen:

In meiner Kindheit war es normal N...kuss zu sagen und das hat niemandem geschadet.

Ist das so? Kann man das so kategorisch ausschließen?

Was wäre denn ein merkbarer Schaden?

Richte ich denn nicht auch schon einen Schaden an, wenn sich jemand, dank meiner Wortwahl, unwohl fühlt?

Als das Wort „N...kuss" einer breiten Gesellschaft bitter aufstieß, wurde die Süßigkeit

kurzerhand in das wertfreie Wort Schaumkuss umbenannt.

Also meine persönliche Freiheit wurde dadurch in keiner Weise eingeschränkt.

Wichtig ist in diesem Zusammenhang aber, dass weder PoC* oder BIPoC*, die Macht haben, diesen Sprachgebrauch zu verbieten.

Es ist lediglich so, dass wenn du dich entscheidest, verletzende Worte zu nutzen, du dies mittlerweile eben nicht mehr als unschuldig abtun kannst.

Es **ist** rassistisch, auch wenn es nicht so gemeint ist.

Wenn ich nicht mehr Z......schnitzel sagen darf, dann darf ich ja auch nicht mehr Jägerschnitzel sagen, ist doch das Gleiche. Dann darf man ja bald gar nichts mehr sagen!

Ein ganz aktueller Fall zeigt das Dilemma noch viel deutlicher.

Ein bekannter deutscher Saucenhersteller nennt seine Z.....sauce um. Soweit nichts Besonderes, sollte man meinen.

Nun wird diese Sauce in ein paar Wochen also Paprikasauce Ungarische Art heißen.

Die Firma sieht sich einem Shitstorm in den Social Media ausgesetzt, den sie so nicht erwartet haben.

Allerdings vorwiegend von rechten Seiten.

Auch Befürworter dieser Umbenennung werden zum Teil extrem von Rechts angegangen.

Man muss nun schauen, dass hier keine Märtyrer-Legenden geboren werden.

David Mayonga (Autor des hervorragenden Buchs „Der N.... darf nicht neben mir sitzen") sagte mir einmal, wir müssen klarstellen, dass wir den Rechten und solchen Menschen, die Wert darauflegen, verletzende Begriffe auch weiterhin zu nutzen, nichts wegnehmen.

Die Macht haben wir auch gar nicht.

Aber wenn jemand Worte benutzt, obwohl diese bereits als verletzend gebrandmarkt sind, dann muss derjenige es sich auch gefallen lassen, dass wir ihn ein rassistisches Arschloch nennen.

Das ist der Deal!

Als aus Raider irgendwann einmal Twix wurde, hat dieses schlichtweg niemanden interessiert.

Das zeigt deutlich, dass es hier nicht nur um die Begriff-Änderung geht.

Diese Argumentationsmuster sind eigentlich immer ähnlich aufgebaut und doch so grundlegend falsch.

Die Gruppe der Jäger gehörte nie einer verfolgten Ethnie an.

Die der Sinti und Roma schon, sie mit dem Wort Z-Wort zu verunglimpfen stellt schon allein den großen Unterschied da.

Genauso verhält es sich mit Berliner, Frankfurter oder was es sonst für Namen gibt, die gerne dann herangezogen werden als Beispiel das man bald ja gar nichts mehr sagen dürfe.

Die Phrase, dass man dann ja bald gar nichts mehr sagen dürfe, ist ebenso sinnlos, wie Inhaltsleer.

* People of Colour (PoC) oder Black, Indigenous and People of Colour (BIPoC)

Denn das Schnitzel schmeckt kein bisschen schlechter, wenn ich mir statt eines Z.....schnitzels ein alternativ benanntes Schnitzel bestelle.

In der Rathauskantine von Hannover heißt das Schnitzel zum Beispiel seit 2013 Balkanschnitzel.

Es gab dort seither übrigens keinen signifikanten Rückgang der Bestellungen.

Achtsame Kommunikation bedeutet auch immer, ein Interesse daran zu haben, Werte und Normen aller zu berücksichtigen.

Allen Menschen die gleiche, vorurteilsfreie Teilhabe an jedem Gespräch ohne Diskriminierung zu ermöglichen, dass ist das Ziel von achtsamer Kommunikation."

„Wow, langsam verstehe ich, warum du das Buch so magst", sagte ich.

„Zeig doch nochmal her das Buch."

Er gab es mir, und ich sah den kompletten Titel: „Gespräche im Kopfbahnhof".

„Ich werde das definitiv auch mal lesen", sagte ich.

Er lächelte ganz merkwürdig und sagte: „Na schaun mer mal, dann sehn ma schon."

„Egal", lachte ich: „Ich freu mich ja jetzt schon auf morgen.

Was ist unser Wort für morgen?"

„Für morgen wird es das Wort *Selbstwert* tun, du erinnerst mich morgen daran, okay?"

6. KAPITEL

SELBSTWERT

Am nächsten Morgen ging der alte Mann durch die Halle des Bürgerbahnhofs in Cuxhaven und pfiff ein Lied.

„Das war „Ready for my starry crown", die einzige Eigenkomposition auf der aktuellen CD von Chickenbone John, und die ging mir heute nicht mehr aus dem Kopf", sagte er als er auf mich traf.

Er wusste, wie sehr ich es bedauerte, Chickenbone John letztes Jahr in Cuxhaven verpasst zu haben.

Aber heute hatte er ja noch eine Überraschung im Gepäck.

Er gab mir den Sampler, über den wir gerade erst gesprochen hatten.

Er bemerkte noch kurz: „Das ist der zweite Sampler von meinem Label.

Den ersten bringe ich dir dann morgen mit. Auf dem war das Stück schließlich auch drauf.

Gut gelaunt verstaute ich die CD, wir gingen zu unserem Zug und setzen uns hin.

Zu meinem Erstaunen holte er einen Hundert Euro Schein aus seinem Portemonnaie und fragte mich ernsthaft:

„Wenn ich einen Hundert Euro Schein zerknülle, wie viel ist dieser Schein dann wert?

Genau, immer noch hundert Euro!

Wenn ich nun diesen Hunderter auf die Erde schmeiße und darauf herumtrete, wie viel ist er dann wert?

Genau, immer noch hundert Euro!

Wenn ich diesen Hunderter in ein Fünfhundert Euro teures Portemonnaie stecke, wie viel ist er dann wert?

Genau, immer noch hundert Euro!

Bei diesem Geldschein ist uns das klar!

Klappt das bei uns auch?

Immer?

Wenn uns jemand schlecht behandelt, suchen wir zunächst den Grund bei uns und denken, wir sind weniger wert.

Wir versuchen uns aufzuwerten mit Statussymbolen.

Aber bei dem Hundert Euro Schein wissen wir das der Wert sich nicht verändert.

Auch wir sind nicht weniger wert, nur weil wir schlecht behandelt werden.

Unser Wert wird nicht durch unseren Stundenlohn bestimmt.

Unser Wert wird nicht durch unser Äußeres bestimmt.

Wir sind nicht mehr wert, nur weil wir uns teuer kleiden oder andere Statussymbole wählen.

Wir sind nicht mehr wert, weil wir Modellmaße haben.

Aber anders als bei dem Hundert Euro Schein, sieht man uns unseren Wert **nicht** sofort an.

Er steht eben **nicht** plakativ auf uns!

Aber ähnlich wie bei den Hundert Euro Scheinen, sind wir alle dasselbe wert.

Egal wo sie herkommen...
Egal was sie erlebt haben...
Egal wie sie behandelt wurden...
Egal wie sie aussehen...

...sie haben alle denselben Wert!"

„Wow", antwortete ich, „wo holst du nur immer solche Geschichten her?"

„Ach, ganz ehrlich, ich weiß teilweise nicht mal mehr, ob es Geschichten von mir sind, oder ob ich sie irgendwo gelesen habe.

Aber achtsame Kommunikation hat ja nicht nur mit uns selbst zu tun.

Es geht mir auch immer um den Umgang mit anderen Menschen, mit anderen Meinungen und/oder anderen Einstellungen.

Hier wird deutlich, ob wir es gelernt haben uns auf andere Überzeugungen einlassen zu können.

Ist dies nicht der Fall, entstehen im schlimmsten Fall Kriege.

Nehmen wir das Beispiel Religionen, wie viele Kriege mag es rund um dieses Thema wohl gegeben haben?

Es sind so viele, dass kein Mensch mehr feststellen kann, wie viele Menschen gestorben sind, weil sie einer anderen Religion angehörten.

Alle, mir bekannten Religionen, predigen Liebe und Vergebung.

Und doch wurde im Namen der verschiedenen Götter, die jeweils andersgläubigen Menschen, im schlimmsten Fall, gefoltert und/oder getötet.

Wenn ich nicht gläubig bin, weil ich zum Beispiel eher Darwin folge, in meinem Verständnis der Entstehung der Erde, dann wird man mich zwar mit Gewalt dazu bringen können, etwas anderes zu sagen, aber nicht etwas anderes zu glauben.

Nehmen wir ein anderes Beispiel: Nimm ein Stück deiner Lieblingsschokolade in den Mund, lass das Stück seinen Geschmack in deinem Mund entfalten und genieße es.

Nun frag dich: Könnte ich es jetzt ändern, dass es mir schmeckt?

Es ist wichtig zu verstehen, dass du dies eben nicht beeinflussen kannst, nur weil du es willst.

Dieses kleine Experiment ist als Sinnbild auf viele Meinungsverschiedenheiten übertragbar.

Wenn wir unser Gegenüber von einer Meinung oder Haltung abbringen wollen, müssen wir sehr gut und nachvollziehbar argumentieren.

Und doch kann es sein, dass wir es nicht schaffen.

Und das ist okay!

Alle Menschen sollten lernen, andere Meinungen auszuhalten.

Dazu sucht man am besten das Verbindende und nicht das Trennende.

Das Verbindende ist nicht immer sofort zu erkennen.

Das Trennende schon, denn es ist die Grundlage des Streites.

Wie also erkenne ich das Gemeinsame?

Es ist eine Einstellungsfrage:

Ich muss mich fragen, was ich will?

- **Will ich mich vielleicht einfach nur durchsetzen?**

- **Bin ich gekränkt, weil es mir nicht geglückt ist zu überzeugen?**

- **Interessiert mich die Haltung meines Gegenübers?**

- **Erkenne ich das Verbindende?**

Politische GegnerInnen eint doch z.B. das gemeinsame Interesse an der Gestaltung der Gesellschaft.

Verschiedene Glaubens AnhängerInnen eint das Interesse an Religion.

AnhängerInnen verschiedener Fußballvereine, eint das Interesse am Fußball usw., usw.

Wenn man anfängt, die eigene innere Haltung bewusst zu verändern, merkt man häufig, wie sehr man in Gewohnheiten erstarrt."

„So, ich muss hier raus", sagte ich, als ich mit halbem Auge sah, das wir in den Bahnhof einrollten. „Was ist unser Schlagwort für morgen?"

Der alte Mann grinste und sagte: „Only bad news are good news."

„Das klingt total bescheuert, aber bitte", erwiderte ich lachend und rannte aus dem Abteil.

7. KAPITEL

ONLY BAD NEWS ARE GOOD NEWS

Am nächsten Morgen, sah der alte Mann noch nachdenklicher aus, als sonst. Ich fragte ihn ob alles okay sei.

Er antwortete gewohnt trocken, „na klar, ich überlege nur schon den ganzen Morgen, mit welcher Geschichte ich dir unser heutiges Thema erklären kann.

Die Medien lehren uns, dass nur das Negative eine Nachricht ist.

Aber vorher willst du doch bestimmt wissen, welcher Sound mich so fröhlich hergebracht hat?

Heute ist es ein Duo aus Wuppertal, die Mack Drietens.

Ich hatte die mehrfach auf Veranstaltungen gebucht und hab sie wirklich sehr gemocht.

Leider ist der Bassspieler völlig unerwartet verstorben.

Aber an Sunny werde ich mich immer erinnern, dazu mochte ich ihn viel zu gerne.

Und damit du sie dir auch mal anhören kannst, ist hier der erste Sampler von Mofomusic, da sind die Mack Drietens nämlich auch drauf.

Das Label ist übrigens mittlerweile in Cuxhaven beheimatet.

Und das ist nicht die einzige gute Nachricht.

Karsten, der Zweite von den Mack Drietens hat neue Mitstreiter gefunden, und so gibt es sie immer noch."

„Das ist gut" sagte ich „und gibt uns das nicht auch einen guten Einstieg in das heutige Thema?

Gute und schlechte Nachrichten!"

„Vergleicht man Schlagzeilen aus Zeitungen und Social Media entdeckt man sehr schnell, dass

der überwiegende Teil der Nachrichten, negativ formuliert ist.

Das Glas ist eben halbleer und nicht halbvoll.

Dabei ist das doch völlig egal, denn man kann das Glas ist auf jeden Fall wieder befüllen.

Leider übernehmen wir nur allzu häufig diese Gewohnheit und berichten überwiegend Negatives.

Um das zu verdeutlichen, hier zwei kleine Geschichten:

Geschichte Nummer eins:

Ein Paar hat Hochzeitstag und beschließt spontan, ohne Reservierung Essen zu gehen.

Sie gehen in ihr Lieblingsrestaurant und erzählen dem Kellner, dass sie zwar nicht reserviert hätten, aber eben ihren Hochzeitstag haben.

Der Kellner ermöglicht es ihnen sogar, dass sie an ihrem Lieblingstisch sitzen können.

Er spendiert ihnen eine Flasche ihres Lieblingsweines und der Abend verläuft sehr harmonisch.

Das Essen ist lecker, die Musik angenehm und die abschließende Rechnung fällt deutlich geringer aus, als erwartet.

<u>FAZIT:</u>

Schöne Geschichte, aber wem soll man die erzählen?

Der besten Freundin oder Freund?

Ja, genau denen erzählt man das, aber mehr Menschen nicht, denn diese Geschichte hat keinen „Nachrichten-wert"!

Geschichte Nummer zwei:

Unser Pärchen hat also Hochzeitstag und beschließt spontan Essen zu gehen.

In ihrem Lieblingsrestaurant werden sie von einem unfreundlichen Kellner abgewiesen mit dem Hinweis, dass sie wohl sehr naiv seien, ohne Reservierung herzukommen.

Nachdem sie in mehreren Restaurants abgewiesen werden, finden sie schließlich Platz in einem lauten Lokal.

Der Kellner bringt erst das falsche Essen, dann ein kaltes Essen und kleckert auch noch mit dem Wein auf das Kleid der Frau.

Anschließend finden sich mehrere Posten auf der Rechnung, die das Paar gar nicht hatte.

Es kommt zum Streit mit dem Wirt und zähneknirschend zahlen sie die überhöhte Rechnung.

Kurzum, der Abend ist eine Katastrophe.

FAZIT:

Diese Geschichte wird das Paar in den nächsten Tagen und Wochen, jedem erzählen.

Die Geschichte taugt zum Gespräch mit dem Nachbarn, den Kollegen und Familienangehörigen.

Denn diese Geschichte hat einen „Nachrichtenwert"! Jetzt muss man natürlich erst einmal unterscheiden zwischen Frust Abbau und Sensationsgeilheit.

Natürlich ist es manchmal einfach hilfreich, über negative Erfahrungen zu sprechen.

Aber abgesehen davon, ist es eben auch spannender über Negatives zu berichten, als über Positives.

Hier bedarf es einer bewussten Entscheidung, sich dem entgegenzustellen.

Es ist definitiv eine bewusste Entscheidung, das Positive zu sehen und auch nur dieses berichten zu wollen.

Hilfreich sind dabei die drei folgenden Fragen:

Ist es wahr?
Ist es notwendig?
Ist es positiv?

Erst wenn man diese drei Fragen mit Ja beantworten kann, sollte man die Geschichte erzählen.

Diese Weisheit stammt nicht von mir, sondern ist dem Buddhismus entliehen.

Inwieweit diese Technik tatsächlich alltagstauglich ist, bleibt jedem und jeder selbst überlassen.

Es ist aber auf jeden Fall hilfreich, sich damit mal auseinander zu setzen.

Nur weil wir mit einer negativ geprägten Nachrichten-Kultur aufwachsen, heißt das nicht, dass wir es nicht verändern können.

Grundsätzlich halte ich es für sinnvoll, selbst reflektiert zu leben und alles immer wieder zu hinterfragen.

Positives Denken ist erlernbar und fängt mit der Sprachkultur an.

Wenn ich lerne, die Dinge eher positiv zu betrachten, werde ich insgesamt eine positivere Sicht auf die Dinge erhalten.

Dies führt wiederum zu einer positiveren Grundstimmung, die mir hilft Dinge positiv zu betrachten.

Klingt wie ein Perpeteum Mobile, ist aber tatsächlich eine Einstellungsfrage.

Hierzu gehört im Übrigen auch eine klare Sprache.

Das Ziel von Kommunikation soll immer sein, so interpretationsfrei wie möglich zu reden.

Dass dies nur bedingt möglich ist, haben wir in den letzten Tagen besprochen, wenn du dich zum Beispiel mal an die Titanic Geschichte erinnerst."

„Okay, ich muss hier raus, sag noch schnell, wie ist unser Brückenwort für morgen?"

Er lachte und rief mir hinterher: „Todesstrafe!"

Ich schaute über meine Schulter zurück und lachte,
„das kann ja was werden, morgen."

8. KAPITEL

TODESSTRAFE

Wir trafen gleichzeitig vor dem Bürgerbahnhof in Cuxhaven ein, wobei ich auf einmal hinter ihm auftauchte und an seinem Kopfhörer zupfte.

Er drehte sich um und wollte gerade losmeckern, als er mein breites Grinsen erkannte.

„Ganz schön laut, deine Musik, klingt aber gut, was ist das?"

„Das sind Smal Water aus Holland.

Die hatte ich mal auf meinem Festival in Bremen.

Großartiger Dixie Delta Sound auf Holländisch gesungen.

Das hat einen ganz eigenen Charme."

„Schnell rein in den Zug", sagte ich darauf hin, „denn ich möchte gerne deine Ausführungen zum Thema Todesstrafe hören."

Wir hatten, wie so oft, Glück und erwischten einen Tischplatz und setzen uns gegenüber.

Er fing mit einer Frage an zu erzählen:

„Argumentieren, wie geht das?

Ich habe hier eine Übung, die sich mit jedem Thema durchführen lässt.

Wichtig ist nur, es soll einen Diskurs geben.

Aber anders als erwartet, findet dieser Diskurs nicht in der Gruppe, sondern quasi in jedem selbst statt.

Ich habe in meinen Seminaren, wenn es um die Kraft des Argumentierens geht, immer gerne die Menschen dazu gebracht, sich mit beiden Seiten der Medaille zu beschäftigen.

Folgt man der Idee, dass nichts auf der Erde nur eine Seite hat, dann gehört zu jedem Gedanken auch ein oppositioneller Gedanke, als quasi ein Gegengedanke.

Vor ein paar Tagen sagte ich ja schon einmal: Erfolgreiche VerkäuferInnen kennen sowohl die Stärken, als auch die Schwächen ihres Produktes.

Dies schützt sie vor Überraschungen, bei gezielten Nachfragen potentieller KäuferInnen.

In einem Seminar ist das einfach.

Ich habe gerne ein stark emotional besetztes Thema gesucht, also zum Beispiel die Todesstrafe.

Pro und Contra.

Ich teilte die Menschen in ungefähr gleich starke Gruppen auf und trennte diese räumlich.

Anschließend gehe ich zur ersten Gruppe und bitte sie, Argumente für die Todesstrafe zu finden, unabhängig von ihrer tatsächlichen Meinung, sollen sie anschließend im Plenum, die Meinung vertreten, dass die Todesstrafe angemessen und richtig ist.

Ich benenne ein Zeitfenster innerhalb dessen sie fertig werden sollen.

Anschließend gehe ich in die andere Gruppe und erzähle denen die ganze Geschichte genauso.

Nach der Hälfte der angegebenen Zeit gehe ich, vermeintlich sehr aufgeregt, zur ersten Gruppe und erzähle ihnen ich hätte mich vertan und sie müssten unbedingt Argumente **gegen** die Todesstrafe finden, weil ich aus Versehen die Gruppen vertauscht hätte.

Dann gehe ich zur zweiten Gruppe und erzähle diese Story nochmal, natürlich genauso aufgeregt.

Bei der anschließenden Zusammenführung der Gruppen, fliegt mein Schwindel natürlich sehr schnell auf.

Alle Teilnehmenden hatten aber nun, genauso intensiv Argumente für und gegen die Todesstrafe gesammelt.

Jetzt kann jeder und jede Einzelne seine oder ihre Position viel stärker argumentativ darstellen.

Jetzt ist auch für Ungeübte ein echter Diskurs möglich.

Da ich selbst ein überzeugter Gegner der Todesstrafe bin, gebe ich im Anschluss noch ein Beispiel, wie ein Mann unschuldig verurteilt wird.

Unschuldig, obwohl es einen DNA-Beweis gibt, der seine Schuld zu 100% beweist.

Natürlich erzähle ich dieses Beispiel nicht zufällig, es hat etwas Manipulatives, aber die Teilnehmenden haben ja gerade gelernt, sich im Diskurs zu behaupten.

Hier die Geschichte, in der ich beweise, dass es zumindestens theoretisch möglich ist, jemanden fälschlicherweise zu verurteilen, obwohl es einen eindeutigen DNA-Beweis gibt, der die Schuld beweist:

In einem Club lernen sich eines Abends zwei Menschen kennen.

Nennen wir sie A und B, denn ihre Namen tun nichts zur Sache.

Sie haben Spaß, fangen an zu knutschen und irgendwann beschließen sie, ein wenig spazieren zu gehen.

Immer wieder bleiben sie stehen um zu knutschen, irgendwann sind sie so erregt, dass sie in einem Gebüsch verschwinden und die Beiden haben Sex.

Auf einmal hören sie Geräusche von anderen Personen, hastig sammeln sie ihre Klamotten auf, während A verzweifelt seine Unterhose sucht, verschwindet B auf der anderen Seite des Gebüsches.

Als die Geräusche immer näherkommen, beschließt A die Suche aufzugeben und rennt, sich noch gerade die Hose über den nackten Hintern ziehend von dannen.

Er geht zurück in den Club, aber da ist mittlerweile fast Feierabend.

Er fragt noch beim Türsteher, ob er B gesehen habe, aber da er nicht einmal den Namen von B kennt, beschreibt er einfach die junge Frau.

Aber weder am Tresen, noch an der Tür kann man ihm weiterhelfen, also geht er nach Hause.

Zwei Tage später steht die Polizei vor seiner Tür und er wird verhaftet wegen der Vergewaltigung und Ermordung einer jungen Frau.

Es dauerte eine ganze Weile bis er begriff, was die Polizei ihm vorwarf.

In der Nacht, in der er B getroffen hatte, ist ganz in der Nähe eine Frau vergewaltigt und anschließend ermordet worden.

Auf ihn gekommen waren sie, durch Zeugenaussagen der Angestellten des Clubs.

Man hatte seine Unterhose unweit des Tatorts gefunden.

Trotz aller Beteuerungen, glaubte ihm die Polizei nicht.

Er rief einen befreundeten Anwalt an, der alles in die Wege leitete um B zu finden.

Sie konnte ihn schließlich entlasten.

Er wurde, dank des eindeutigen Beweises, nämlich seiner DNA an der gefundenen Unterhose, per Indizienprozess für schuldig befunden.

Zu diesem Zeitpunkt saß er bereits 8 Monate in U-Haft.

Als seine Verurteilung durch die Presse ging, meldete sich schließlich B doch noch.

Sie hatte an dem Abend ihren Junggesellinnen Abschied gefeiert und ein paar Tage später geheiratet.

Aus Scham und um ihre, gerade erst geschlossene Ehe, nicht zu gefährden, hatte sie so lange geschwiegen.

Hätten wir in Deutschland die Todesstrafe, so wäre A wohl zum Tode verurteilt worden."

„Heftige Geschichte", sagte ich nachdem es eine ganze Weile still zwischen uns gewesen ist.

„Ich muss die erstmal sacken lassen", sagte ich und packte meinen Rucksack, da ich am nächsten Bahnhof raus musste.

Irgendwie war ich diesmal richtig froh, denn seine heutige Geschichte hallte noch nach.

Er lächelte verständnisvoll und sagte leise, fast wie ein flüstern: „Morgen kommt mal was Leichtes.

Für morgen merkst du dir das Wort: Medienkompetenz."

Ich lachte, „das klingt nicht wirklich nach einem leichten Thema, aber morgen ist eh Wochenende, also bis Montag", sagte ich und flitze aus dem Zug.

9. KAPITEL

MEDIENKOMPETENZ

Als ich am Montag auf den Bahnhof zuging, vibrierte mein Handy.

Erstaunt zog ich es aus der Tasche und sah, dass ich eine SMS von dem alten Mann bekommen hatte.

Verwundert las ich: Guten Morgen, dreh dich mal um.

Ich drehte mich um und sah ihn zwei Meter hinter mir stehen und sich diebisch freuen.

„Na es geht doch heute um Medienkompetenz", lachte er und wollte sich erst gar nicht beruhigen.

Aber dann beruhigte er sich doch und ich konnte ihn leicht erstaunt fragen, „ist das MUDLOW?"

Ich zeigte dabei auf seine Kopfhörer und er nickte, „Hah", fuhr es triumphierend aus mir, „und ich kenne doch mal was von dem was du da hörst."

Als wir sahen, dass unser Zug schon da war, stiegen wir ein, setzen uns und er begann:

„Menschen wachsen heute zunehmend als Digital Natives auf.

Das bedeutet, sie erleben Smartphones und Tablets als natürliches Habitat Erscheinungen.

Der inflationäre Gebrauch von Smartphones ging aber leider nicht einher mit der entsprechenden Bildung einer Medienkompetenz.

Betrachtet man die Social Media, merkt man schnell, die Fähigkeit zum Diskurs scheint verloren gegangen zu sein oder wurde offensichtlich nie erlernt.

Da wird in Echo-Räumen polemisiert und zum Teil strafrechtlich relevantes Gedankengut

geäußert, dass man schon ins Grübeln kommen kann.

In meinen Seminaren bin ich immer wieder auf Menschen gestoßen, die noch nie geschult worden sind, im Umgang mit den digitalen Medien.

Diese Menschen hatten aber alle binomischen Formeln oder Vektorenberechnung in der Schule.

Die Frage, die sich mir stellt, wie viele Menschen brauchen das tatsächlich.

Ich wage hier keine Prognose, möchte aber vermuten, es sind die Wenigsten.

Medienkompetenz brauchen aber unbedingt alle, die sich im Internet bewegen und/oder sich dort informieren wollen.

Es fängt erstmal damit an, sich sicher im Netz zu bewegen.

Aber mindestens ebenso wichtig, wenn nicht am Wichtigsten ist es, frühzeitig zu lernen,

1. welcher Quelle im Internet kann ich eigentlich vertrauen?

2. Gibt es eine Intention dieser Quelle? Und wenn ja, welche?

3. Gibt es eine politische Dimension?

4. Woher bezieht diese Quelle ihr Wissen (Faktencheck)

5. Gibt es weitere Quellen, die diese Thesen unterstützen (da dann wieder Punkte 1-4 anwenden)

Generell ist es wichtig, welchen Eindruck eine Seite im Internet macht.

Wirkt sie denn überhaupt seriös, oder ist sie reißerisch aufgemacht?

Eine der wichtigsten Regeln um seriöse Seiten im Internet zu erkennen ist, dass sie ein Impressum haben.

Hier besonders darauf achten, ob reale Personen genannt werden, oder sind es Fantasienamen?

Außerdem sollte die Möglichkeit bestehen, jemanden zu kontaktieren.

Werden Quellen genannt, oder woher hat der Verfasser seine Kenntnisse?

Auch ist es hilfreich, auf die Aktualität zu achten. Wie alt sind die Einträge?

Letztlich ist es trotzdem dann immer noch ratsam, die Informationen mit anderen Seiten im Internet abzugleichen.

Es setzt immer eine Eigenverantwortung voraus, sich sicher im Internet zu bewegen.

Auch wenn sich das anstrengend anhört ist es immer klug, den eigenen Verstand zu nutzen.

Hat man auch nur den leisesten Zweifel an der Seriosität, so sind diese Zweifel fast immer berechtigt."

„Wenn ich dich hier mal unterbrechen darf", fuhr ich ihm in das Wort, „ich habe vor Jahren mal einen sicheren Passwort-Generator entwickelt.

Hast du dein Tablet mit", fragte ich den alten Mann und er nickte, kramte kurz in seiner Tasche und gab es mir.

„Ich habe vor Jahren mal einen relativ simplen Versuch unternommen, einen eigenen Passwort Generator zu basteln.

Ganz analog.

Der geht so:"

Die „Das sichere Passwort"- Methode

„In Zeiten, in denen viele Angelegenheiten über digitale Konten abgewickelt werden können, kommen der Sicherheit und dem Schutz Deiner persönlichen Daten einen besonderen Stellenwert zu."

Du weißt, dass Du für jedes Deiner Konten ein anderes und sicheres Passwort verwenden solltest.

Und doch hast Du Dich bestimmt schon einmal dabei ertappt, wie Du für mehrere Deiner Konten ein und dasselbe Passwort verwendet hast.

Vielleicht hast Du Angst mehrere unterschiedliche Passwörter zu vergessen oder zu vertauschen.

Oder fallen Dir nicht so viele sichere Passwörter ein, wie Du benötigst?

Weil auch wir dieses Dilemma kennen, haben wir eine Methode erarbeitet, die es Dir ermöglicht, mit nur einem einzigen Wort den Zugang zu all Deinen Konten zu schützen.

Und trotzdem hast Du dabei für jedes Deiner Konten ein individuelles und sicheres Passwort!

So geht's:
Du benötigst ein konstruiertes Wort, welches sich aus einem Lieblingsgegenstand in Verbindung mit einer Sachbeschreibung zusammensetzt.

Wichtig ist hierbei zum einen, dass dieses konstruierte Wort die Standards für ein sicheres Passwort erfüllt.

Also mindestens 8 Zeichen, Verwendung von Groß- und Kleinbuchstaben und von Zahlen und Sonderzeichen.

Zum anderen ist es wichtig, dass kein direkter Bezug zur eigenen Person hergestellt werden kann.

Als Beispiel kannst Du für den Lieblingsgegenstand den Namen des Lieblingshundes Deines Vaters wählen.

Wir nennen ihn einfach mal **Rocky**.

Da der Hund männlich ist, kann eine passende Sachbeschreibung *Rüde* lauten.

Um ein weiteres Sicherheitsmerkmal in Dein konstruiertes Wort einfließen zu lassen, schreibe am besten nur den Anfangsbuchstaben des zweiten Wortes groß.

Dein konstruiertes Wort lautet dann: **ruedeRocky.**

Im nächsten Schritt ersetzt Du ein paar Buchstaben Deines konstruierten Wortes durch Zahlen und Sonderzeichen.

Hierbei sind Deiner Fantasie keine Grenzen gesetzt!

Im Falle des Wortes **ruedeRocky** kann beispielsweise das y durch einen # und die beiden e's durch jeweils eine 3 ausgetauscht werden.

Dann lautet Dein Basispasswort **ru3d3Rock#.**

Dieses Basispasswort bildet die Grundlage für jedes individuelle und sichere Passwort zu all Deinen Konten.

Wichtig: Merke Dir dieses Basispasswort und schreibe es nirgendwo auf oder hinterlege es anderweitig!

Hast Du Dein persönliches Basispasswort erschaffen, kannst Du Dir nun eine durchnummerierte Liste mit all Deinen Konten anlegen, für die Du ein Passwort benötigst.

Diese könnte beispielsweise so aussehen:

1	Online Banking
2	Amazon
3	PayPal
4	Facebook
5	Instagram
6	E-Mail-Adresse 1
7	E-Mail-Adresse 2
8	Ebay
9	Netflix
10	Versandapotheke

Diese Liste in Kombination mit Deinem Basispasswort hilft Dir jetzt, für jedes Deiner Konten ein eigenes Passwort zu erstellen.

Hierfür tauschst Du im Falle unseres Basispasswortes **ru3d3Rock#** beispielsweise immer die zweite 3 gegen die Nummer des jeweiligen Kontos von Deiner Liste aus.

Das Passwort für Dein Online Banking-Konto würde demnach **ru3d1Rock#** lauten.

Für Dein Amazon-Konto heißt das Passwort **ru3d2Rock#**, für Dein PayPal-Konto **ru3d3Rock#**, für Dein Facebook-Konto **ru3d4Rock#**, und so weiter.

Mit dieser einfachen Methode kannst Du im Handumdrehen für jedes Deiner Konten ein sicheres und individuelles Passwort generieren und den Schutz Deiner persönlichen Daten um ein Vielfaches erhöhen."

„Puh", stöhnte der alte Mann, „das müsste ich echt mal probieren."

„Mach es", sagte ich ernst „und mach es sofort."

So jetzt aber raus mit dir„, sagte der alte Mann und fügte noch an: „Für morgen merkst du dir bitte Geschichten aus der Yucca-Palme."

„Oha", lachte ich, „dass klingt nach Märchenstunde."

„Ja", sagte er, „ich möchte dir morgen ein oder vielleicht auch zwei Geschichten erzählen, die ich schon zig Mal im Internet gelesen habe."

10. KAPITEL

GESCHICHTEN AUS DER YUCCA-PALME

Am folgenden Tag kam ich völlig verpennt und viel zu spät am Bahnhof an.

Der Zug stand aber noch da und ich rannte wie bescheuert zum Zug und der alte Mann stand kopfschüttelnd in der Tür.

Wir gingen zum Platz, leider war es heute ohne Tisch, aber immerhin gegenüber.

„Atme erstmal", sagte der alte Mann „und ich lass dich solange hören, was ich heute für Musik dabeihabe."

Er setzte mir den Kopfhörer auf und ich wackelte sofort mit dem Fuß als Flatbilly DeVille loslegten.

Ich rief lauf, für alle hörbar, „die kenne ich von dem Sampler, den du mir geschenkt hast, die sind richtig klasse."

Er legte einen Finger auf meine Lippen und ich verstand sofort und nahm mir hastig die Kopfhörer runter, „Oh Shit, habe ich gebrüllt?"

„Jupp", erwiderte die ältere Dame vom Nachbarsitz und grinste mich an.

Ich lächelte verlegen zurück und drehte mich dem alten Mann zu, als er begann:

„Die folgenden Geschichten kursieren seit ein paar Jahren im Internet, es war mir nicht mehr möglich den originalen Verfasser zu ermitteln.

Es sind also keine Geschichten von mir, murmelte der alte Mann leicht verlegen, aber die Geschichten sind zu gut um sie nicht zu erzählen.

Interessanterweise, findet man diverse „Original-Verfasser" wenn man die Suchbegriffe entsprechend eingibt, grinste der alte Mann.

Geschichte 1

Ein Philosophie-Professor stand vor seinem Kurs und hatte ein kleines Experiment vor sich aufgebaut:

Ein sehr großes Marmeladenglas und drei geschlossene Kisten.

Als der Unterricht begann, öffnete er die erste Kiste und holte daraus Golfbälle hervor, die er in das Marmeladenglas füllte.

Er fragte die Studierenden, ob das Glas voll sei.

Sie bejahten es.

Als nächstes öffnete der Professor die zweite Kiste.

Sie enthielt einen kleinen Sack voller Kieselsteine.

Diese schüttete er zu den Golfbällen in den Topf.

Er bewegte den Topf sachte und die Kieselsteine rollten in die Leerräume zwischen den Golfbällen.

Dann fragte er die Studierenden wiederum, ob der Topf nun voll sei.

Sie stimmten zu.

Daraufhin öffnete der Professor die dritte Kiste.

Sie enthielt Vogelsand.

Diesen schüttete er ebenfalls in den Topf zu dem Golfball-Kieselstein-Gemisch.

Logischerweise füllte der Sand die verbliebenen Zwischenräume aus.

Er fragte nun ein drittes Mal, ob der Topf nun voll sei.

Die Studierenden antworteten einstimmig „ja".

„Nun", sagte der Professor, als das Lachen nachließ, „ich möchte, dass Sie dieses Marmeladenglas als Ihr Leben ansehen.

Die Golfbälle sind die wichtigen Dinge in Ihrem Leben:

Ihre Familie, Ihre Kinder, Ihre Gesundheit, Ihre Freunde, die bevorzugten, ja leidenschaftlichen Aspekte Ihres Lebens, welche, falls in Ihrem Leben alles verloren ginge und nur noch dieses Verbleiben würden, Ihr Leben trotzdem noch erfüllend wäre."

Er fuhr fort: „Die Kieselsteine symbolisieren die anderen Dinge im Leben wie Ihre Arbeit, ihr Haus, Ihr Auto.

Der Sand ist alles andere, die Kleinigkeiten."

„Falls Sie den Sand zuerst in das Glas geben",
schloss der Professor fort, „hat es weder Platz für die
Kieselsteine noch für die Golfbälle.

Dasselbe gilt für Ihr Leben.

Wenn Sie all Ihre Zeit und Energie in Kleinigkeiten
investieren, werden Sie nie Platz haben für die
wichtigen Dinge.

Achten Sie zuerst auf die Golfbälle, die Dinge, die
wirklich wichtig sind.

Setzen Sie Ihre Prioritäten.

Der Rest ist nur Sand."

„Ja, klasse Geschichte," sagte ich. „Ich kenne sie
tatsächlich auch, nur etwas anders, aber mit derselben
Kernaussage."

„Wie bereits erwähnt, gibt es diese Geschichten, in
vielen Varianten und von vielen Verfassern," sagte er
Augenzwinkernd.

„Hier ist noch so eine Geschichte:

Geschichte 2

Ein Professor der Mathematik schrieb Folgendes an die Tafel:

1×9 = 9

2×9 = 18

3×9 = 27

4×9 = 36

5×9 = 45

6×9 = 54

7×9 = 63

8×9 = 72

9×9 = 81

10×9 = 91

Erst erscholl leises Gekicher, dann lachten viele der Studierenden los, weil der Professor sich offensichtlich verrechnet hatte.

10×9 = 91!

Irgendwann lachte der ganze Raum.

Der Professor wartete, bis Alle wieder still waren.

Dann sagte er:

Ich habe diesen Fehler absichtlich gemacht, um ihnen etwas zu demonstrieren.

Ich habe neun Aufgaben richtig gelöst, und nur einen Fehler gemacht.

Statt mir zu gratulieren, dass ich neun von zehn Aufgaben richtig gelöst habe, haben sie über meinen einen Fehler gelacht.

Und damit zeigen sie sehr deutlich, wie unser Bildungssystem funktioniert.

Und das ist sehr traurig, aber leider wahr.

Wir leben eine Fehlerkultur, die dazu führt, dass Menschen verletzt und teils sogar gedemütigt werden, nur, weil sie sich mal irren.

Wir müssen lernen, Menschen für ihre Erfolge zu loben, und auch, sie für ihre kleinen Fehler zu schätzen.

Glauben sie mir, die meisten Menschen machen viel mehr richtig, als falsch.

Und dennoch werden sie nach den wenigen Fehlern beurteilt, die sie machen."

„Ja, das ist ja wirklich so, da hatten wir ja bei den Restaurant Geschichten schon drüber gesprochen", sagte ich und merkte, dass ich aussteigen musste.

„Bis morgen" rief ich über meine Schulter, „welches Wort für morgen?"

Aber er antwortete nicht, er schien mich gar nicht mehr zu hören, also stieg ich verwundert aus.

11. KAPITEL

FINALE

„Moin", rief ich dem alten Mann zu, „letzte gemeinsame Fahrt vor dem Urlaub."

„Du hast doch mal, vor ein paar Tagen gesagt, dass dieses Buch das du gerade liest".

„Du meinst Kopfbahnhof?"

„Ja, genau, na jedenfalls hast du gesagt, dass dieses Buch eigentlich vieles zum Thema Kommunikation abdeckt und dass es für jeden Leser Tipps parat hält.

Wie meintest du das?"

„Na wenn du zum Beispiel mal an die Geschichte mit der Titanic denkst.

Die Titanic Geschichte ist ein sehr schönes Beispiel dafür.

James Cameron hat mit diesem Film, den bis dato, erfolgreichsten Film aller Zeiten gedreht.

Doch trotzdem gibt es sehr viele Menschen, denen der Film so gar nicht zusagt.

Was hätte James Cameron also besser machen müssen oder können?

Wahrscheinlich gar nichts, denn wenn er den Film anders gemacht hätte, wäre es eventuell nicht der erfolgreichste Film aller Zeiten geworden.

Wenn man das jetzt als Metapher, für die eigene Kommunikation nimmt, dann versteht man schnell, was dieses Buch macht.

Hier wird der systemische Ansatz dieser Geschichte deutlich.

Das Buch zeigt zunächst einmal Dinge auf.

Doch natürlich ging es nie um den Film. Der Film steht stellvertretend für jede Form der Kommunikation.

Es gibt immer Sendende (James Cameron bzw. der Film) und einen oder mehrere Empfangende.

Egal wie gut und pointiert du argumentierst, es gibt immer Wege es anders zu interpretieren.

Auch ein zweiter Aspekt wird hier schnell deutlich.

Wir versuchen es so oft, anderen recht zu machen,
aber du kannst es nicht allen recht machen.

Nicht einmal wenn du den erfolgreichsten Film aller
Zeiten drehst.

Der Film hat ja alle Rekorde gebrochen, trotzdem gibt
es unsagbar viele Menschen, die diesen Film einfach
nicht mögen.

Der Rat den diese Geschichte gibt, muss also lauten,
versuche so authentisch wie möglich zu sein.

Versuche erst gar nicht anderen Menschen alles Recht
zu machen, denn du wirst es nicht schaffen können.

Wenn du vor einer Gruppe von Menschen sprichst,
gibt es auch Sendende (du bist quasi der Film Titanic)
aber dein Publikum besteht aus einer Vielzahl an
IndividualistInnen und als solche können sie deine
Kommunikation ganz unterschiedlich deuten.

Das hat viel damit zu tun, wie sie erzogen wurden,
wie sie aufgewachsen sind, welchen Bildungsstand
sie haben, was sie erlebt haben, was für Ängste und
Neigungen sie haben.

Das ist genau das, was Kommunikation so
herausfordernd und spannend macht.

Ich muss bei mir bleiben, ich muss an mich und meine Ideen glauben und diese versuche ich anschließend so interpretationsfrei wie möglich zu transportieren."

Als er geendet hatte, sahen wir uns eine Zeitlang schweigend an.

Schließlich sah ich, dass ich bald aussteigen musste.

„Hey alter Mann", fing ich an, aber er unterbrach mich sofort und sagte scherzhaft drohend: „Alter Mann? Ich geb dir gleich alter Mann."

Wir lachten Beide, dann sagte ich ihm: „Ich habe keine Ahnung, wie ich nach meinem Urlaub eingesetzt werde.

Aber ich möchte dir danken. Deine Geschichten habe ich als sehr inspirierend empfunden."

Der alte Mann lächelte und sagte nur: „Wir sehen uns wieder."

„Woher willst du das wissen?", fragte ich ihn.

Aber er nickte nur und wiederholte, „wir sehen uns wieder und zwar im zweiten Teil von: „Gespräche im Kopfbahnhof"!

Zeitfracht Medien GmbH
Ferdinand-Jühlke-Straße 7
99095 Erfurt, Deutschland
produktsicherheit@kolibri360.de